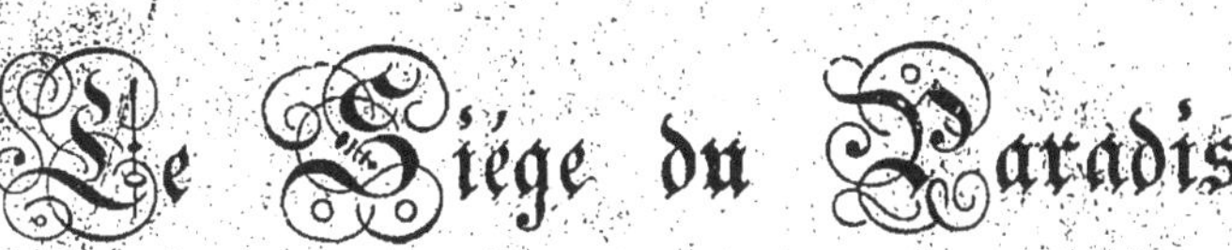

MACÉDOINE

Infernalico-Diabolico-Comique, en Quinze Chants;

PAR

FÉLIX BECKER,

Ouvrier Menuisier;

FAISANT SUITE AUX TREIZE LIVRAISONS.

PRIX 3 FRANCS.

On Souscrit à Paris,

CHEZ
l'Auteur, boulevard des Italiens, N° 23, maison du Confiseur;
LEMOINE, Libraire, Place Vendôme, N° 24;
MASSON et YONET, Libraires, rue Hautefeuille.

DÉPARTEMENS :

DUPONT-DIOT, Libraire, rue de la Taillerie, à BEAUVAIS.
MERCIER, rue Saint-Nicolas, N° 26, à MEAUX.
Me DURANTIN, Avocat, à SENLIS.
DELESTRE, Libraire, à VILLERS-COTTERETS.
BRISSART-CAROLETS, Libraire, à REIMS.

1830.

Le Siége

DU PARADIS,

MACÉDOINE

Infernalico-Diabolico-Comique,

En Quinze Chants.

Paris.

CHEZ LEMOINE, LIBRAIRE,

Place Vendôme, no 24.

ET CHEZ LES MARCHANDS DE NOUVEAUTÉS.

1830.

Préface.

Rien n'est bon comme le fruit défendu. L'expérience l'a prouvé depuis Adam jusqu'à Charles X, et les choses les plus mauvaises deviennent délicieuses sitôt qu'on en défend l'usage. Les Français ont, plus que tout autre peuple, un penchant pour rechercher avec avidité ce qu'on veut leur interdire, et ce penchant est irrésistible. C'était donc un excès d'ineptie, de la part des chefs de l'autorité, que de poursuivre avec acharnement tout ce qui semble blesser la morale et les bonnes mœurs, et la curiosité, si naturelle chez les Français, de connaître spécialement les actes de l'autorité, fait qu'on a toujours recherché et qu'on recherchera toujours ce qui tomberait dans un éternel oubli, sans les poursuites souvent dirigées par les agens du pouvoir, pour se faire remarquer et pour être promus à des fonctions plus élevées. Interdire le scandale en France, par la force du pouvoir est impolitique, oppressif, et l'on sait combien on s'intéresse à tous les opprimés, quels qu'ils soient. Qu'on laisse faire; la raison et le bon sens, qui font tous les jours tant de progrès chez nous, auront bientôt fait justice, par l'indifférence et le mépris, de ce qui blesse les regards de certaines personnes et qui flatte si agréablement leurs sens.

Le Français aime la vertu autant qu'il est possible de l'aimer; tout ce qui est vertueux est pour lui l'objet d'une vénération toute particulière; mais ce sentiment là, bien entendu, ne peut pas lui interdire sa gaieté; c'est dans son caractère, et il ne serait pas ce qu'il est, c'est-à-dire distingué des autres peuples, s'il ne réunissait pas ces deux sentimens. Il aime à rire de tout, mais il rit franchement, son rire n'est point sardonique, et le Dieu de l'Évangile, le Dieu des Bonnes-Gens, le Dieu de Béranger enfin ne s'en fâche pas.

Qu'on laisse donc au Français cette liberté, sans restrictions, de faire tout ce qu'il voudra de ce qui ne peut pas entraver l'ordre public, qu'on le laisse rire, et sa gaieté trouvera des bornes. Qu'on ne craigne pas la dépravation; il la déteste, et la petite gent dépravée perd tous les jours de ses prosélytes.

Le Siége du Paradis, en devenant le sujet des poursuites judiciaires, a vivement piqué la curiosité et excité à un haut point l'intérêt des amis de la littérature; et l'auteur, persuadé de sa médiocrité, ne le livrerait pas au public, s'il ne courait pas déjà manuscrit et défiguré, tel qu'il a été produit au tribunal de Senlis, et s'il n'était assuré que l'indulgence qu'on lui a si largement prodiguée ne supplée à son talent. C'est plutôt pour en appeler au jugement du public, à propos de sa condamnation, qu'il le livre à la publicité, que pour satisfaire ceux qui le lui demandent depuis long-temps.

LE SIÉGE DU PARADIS,

Macédoine.

AIR : *De la Fête du Village voisin.*

Chant Premier.

❋

En terminant une pompeuse orgie,
Tous les damnés disaient à Lucifer :
Abandonnons le séjour de l'enfer
Pour essayer une autre vie ;
Chez les bienheureux
Habitans des cieux,
Portons la guerre avec furie.
Montons tous là-haut,
Prenons-les d'assaut,
Battons et chassons,
Damnons et rossons,
Comme des vilains,
Tous les pauvres saints,
Au bruit des chaînons,
Des tambours, des canons,
Au cri des hiboux,
Des lutins, des garoux.

Chant Deuxième.

✻

Bravo ! vivat ! ô phalange infernale !
Dit Lucifer, en crachant dans ses mains ;
Armons-nous donc et chargeons nos lutins
D'ouvrir la marche triomphale.
Et par bataillons,
Et par escadrons,
Suivez Mahomet et Tantale.
Jean-Jacques Rousseau,
Cromwel et Boïleau,
Brennus et Rémus,
Et Nostradamus
Portent les drapeaux
Et les oripeaux,
Au bruit des chaînons,
Des tambours, des canons,
Au cri des hiboux,
Des lutins, des garoux..

Chant Troisième.

❀

Pour m'escorter, un bataillon d'élite
Sera formé de bons républicains,
Et dans ma garde, Anglais, Turcs et Romains,
Pour commander je mets Thersite,
Voltaire et Néron,
Avec Cicéron
Marcheront ensemble à ma suite;
Et mes lieutenans,.
Armés jusqu'aux dents,
Seront Attila,
Oreste et Sylla;.....
Allons, que Calvin
Sonne le tocsin,
Au bruit des chaînons,
Des tambours, des canons,
Au cri des hiboux,
Des lutins, des garoux.

14

Chant Quatrième.

Amis, quittons le ténébreux domaine;
Avec ardeur marchons tous aux combats.
Chez l'Éternel on ne nous attend pas,
  Et nous pourrons vaincre sans peine.
    Avant de marcher,
    Il faut dépêcher,
  Marat, Pylade et Diogène.
    Alors ces lurons,
    En vrais fanfarons,
    Loin de respecter,
    S'en vont affronter,
    Le Père éternel,
    En frappant au ciel,
    Au bruit des chaînons,
   Des tambours, des canons,
    Au cri des hiboux;
   Des lutins, des garoux.

Chant Cinquième.

Que voulez-vous? leur demande saint Pierre;
Osez-vous bien vous présenter ici?
Mais le bon Dieu ne reçoit point ainsi
Tous ceux qui bravent sa colère.
— Nous venons chez vous
Vous en chasser tous,
Car on vous déclare la guerre:
Votre Jésus-Christ,
Votre Saint-Esprit,
Vos anges bouffis,
Vos saints tout confits,
Frappés de stupeur,
Vont mourir de peur,
Au bruit des chaînons,
Des tambours, des canons,
Au cri de hiboux,
Des lutins, des garoux.

Chant Sixième.

Au paradis on bat la générale,
Pour réveiller tous les saints endormis;
Mais stupéfaits du front des ennemis,
Leur frayeur devient générale.
Alors le bon Dieu,
Leur dit : ventrebleu!
Allons, messieurs, qu'on se signale,
Car tous les démons,
Hardis rodomonts,
Vont nous assiéger,
Et tout ravager,
Les entendez-vous,
Redoubler leurs coups?
Au bruit des chaînons,
Des tambours, des canons,
Au cri des hiboux,
Des lutins, des garoux.

Chant Septième.

Punissons-les d'un dessein téméraire;
Vous, cher Michel, secondez mon courroux,
Et pour frapper des redoutables coups,
  Que l'on m'apporte mon tonnerre!
    — Vous l'avez cassé,
    Et tout fracassé,
  L'autre jour, étant en colère.
    — D'un pas sans pareil,
    Courez au soleil,
    — L'ami Josué,
    S'est évertué
    A l'ôter du ciel,
    Malgré Daniel,
    Au bruit des chaînons,
   Des tambours, des canons,
    Au cri des hiboux,
   Des lutins des garoux.

Chant Huitième.

Déjà Satan vient d'enfoncer la porte,
En culbutant les pauvres chérubins;
Quelques démons forcent des séraphins
La grande et nombreuse cohorte;
Tous les pauvres saints
Sont bientôt aux mains
Avec Achille et son escorte.
David et Luther
Ont croisé le fer,
Et plus loin Priam
Fond sur Abraham,
Quand soudain Macbeth
Charge Élisabeth,
Au bruit des chaînons,
Des tambours, des canons,
Au cri des hiboux,
Des lutins, des garoux.

Chant Neuvième.

Antiochus vient ranimer l'affaire;
Plus loin Hercule assomme Éléazar,
Luc et Matthieu sont vaincus par César,
Et puis Jésus-Christ par Voltaire.
Là-bas Soliman
Terrasse saint Jean,
Qui veut se montrer téméraire;
Après Galopin
Claque saint Crépin,
Qui dans son baquet
Met Roch et roquet,
Et comme un cheval,
Frappait Annibal,
Au bruit des chaînons,
Des tambours, des canons,
Au cri des hiboux,
Des lutins, des garoux.

Chant Dixième.

❋

Un patriarche attaque Robespierre :
Le pauvre sot n'y voyait que du feu ;
Avec Numa Louis n'a pas beau jeu,
Et Salomon mord la poussière.
Plus loin Attila
Sabre Loyola
Près de la vierge de Nanterre ;
Et quand Ravaillac
Décolle Isaac,
On voit saint Martin
Et saint Augustin
Battus par Memnon
Près d'Agamemnon,
Au bruit des chaînons,
Des tambours, des canons,
Au cri des hiboux,
Des lutins, des garoux.

Chant Onzième.

Quand Romulus rondinait Jérémie,
On luttinait la mère du Sauveur,
Et Mirabeau tâtonnait de bon cœur
Le pauvre bonhomme Tobie.
Lorsque Jeanne d'Arc
Combattait saint Marc,
Et le grand-prêtre Zacharie,
Le père Sournois,
Le vaillant Dunois,
Molière, Syphax,
Don Quichotte, Ajax,
Et tous les visirs
Font face aux martyrs,
Au bruit des chaînons,
Des tambours, des canons,
Au cri des hiboux,
Des lutins, des garoux.

Chant Douzième.

Polichinel suivait Job à la piste,
Et Figaro calottait Raphaël;
Avec fureur les enfans d'Israël
Culbutent la bande trapiste;
Corneille et Judas
Rossent saint Thomas,
Et Silène saint Jean-Baptiste,
Et Napoléon,
Avec Actéon,
Moquaient, taquinaient
Et turlupinaient,
Avec Scipion,
La vieille Sion,
Au bruit des chaînons,
Des tambours, des canons,
Au cri des hiboux,
Des lutins, des garoux.

Chant Treizième.

Là, Belphégor éventre Catherine
Quand Holopherne est vengé de Judith ;
L'aigle français plume le Saint-Esprit;
Saint François cède à Proserpine,
Et Pépin-le-Bref
Battait saint Joseph,
Avec saint Jean-Porte-Latine,
Épaminondas
Et Léonidas
A coups d'échalas
Tannent Nicolas,
Et comme un butor,
S'excrimait Hector,
Au bruit des chaînons,
Des tambours, des canons,
Au cri des hiboux,
Des lutins, des garoux.

Chant Quatorzième.

Pour terminer ce combat mémorable,
Germanicus s'appropriait Esther ;
Sémiramis, Brutus et Jupiter
Attaquent le plus redoutable ;
Le pauvre bon Dieu
N'avait pas beau jeu ;
Il s'était battu comme un diable !
Lui, qui put d'un mot,
Sans crier bien haut,
Venger tant d'affronts,
Laisse les démons,
En attendant mieux,
S'emparer des cieux,
Au bruit des chaînons,
Des tambours, des canons,
Au cri des hiboux,
Des lutins, des garoux.

Chant Quinzième

ET DERNIER.

Aussi Satan bornant là sa victoire,
Du Paradis tous les saints sont bannis.
Les infernaux, en célestes esprits,
Se montrent rayonnant de gloire.
Alors les démons,
En joyeux lurons,
Chantent : A boire, à boire, à boire!
Aux bruyans refreins
De tous ces lutins,
Le bon gros Bacchus,
Le vivant Comus
Et le gai Momus
Font enfin chorus,
Au bruit des chaînons,
Des tambours, des canons,
Au cri des hiboux,
Des lutins, des garoux.

DÉTAILS

SUR LE PROCÈS

FAIT

AU SIÉGE DU PARADIS,

SUR MON ARRESTATION ET MA CAPTIVITÉ.

Dans une des livraisons qui composent mon recueil j'avais promis, d'après la demande qui m'en a été faite, d'en employer une à la relation du procès fait au *Siége du Paradis.* Mais j'ai réfléchi que j'étais engagé envers mes souscripteurs à leur donner des chansons et non pas des contes de chicane, et en le faisant alors ma liberté aurait pu courir quelque danger, attendu que la vérité toute nue était l'épouvantail du pouvoir qui pesait sur nous avec une verge de fer. Je me réservai donc pour le moment où l'on pourrait dire la vérité sans danger, et où l'on pût rire sans que l'on criât au scandale. Ce moment est arrivé, et j'en profite.

Dans les villes de province on n'a pas de sténographes, et je ne pourrai dire qu'en substance les plaidoyers de M. Guérard, procureur du roi, et de Me Durantin, mon généreux défenseur, attendu qu'ils ont été improvisés.

Avant d'arriver aux détails du procès, il est bon de faire connaître mon arrestation et ses véritables motifs, et l'on verra comment les serviles agens du pouvoir déchu exploitaient la tyrannie au profit de leurs passions et de leurs haines particulières. On m'a maltraité, et je veux le dire ; ce n'est pourtant pas un motif de vengeance ; je ne connais pas ce sentiment-là ; d'ailleurs, l'indignation et le mépris public m'ont assez vengé. Mais la manière dont j'ai été arrêté ont laissé dans mon esprit des traces si profondes et si douloureuses, que ce n'est qu'en racontant ce qui s'est passé à mon égard, que je trouve le moyen de m'en distraire.

J'étais à Méru (Oise), depuis le commencement de l'année 1829, quand vers le mois d'août arriva dans cette petite ville une troupe de comédiens. Les recettes n'étaient pas assez fortes pour couvrir leurs frais, et ils ne tardèrent pas à faire des dettes. Il n'y avait pas non plus d'ensemble dans *le matériel de leur administration*, et l'anarchie jetait le feu de la discorde au sein de la petite république *cabotine*. Ils se séparèrent, et ceux qui n'avaient pas de quoi payer restèrent pour gage, pourtant avec le magasin de décors, qui consistait en quelques lambeaux de papier. Qu'allaient-ils devenir, et comment allaient-ils vivre? Faire de nouvelles dettes? Mais comment payer? et les aubergistes ne sont pas tentés d'héberger les artistes lorsqu'il n'y a pas plus d'espoir d'être payés qu'avec ceux-ci. Enfin je me joins à eux, et nous arrangeons une représentation, dans le but de les tirer d'embarras. On connaît le motif qui me fait agir, et les habitans de Méru se sont empressés de me seconder en assistant à cette soirée. La recette avait payé leurs dettes; mais il ne leur en restait rien pour se mettre en voyage. Pour leur en donner les moyens, je m'associe encore à eux pour une seconde représentation; mais à Neuilly-en-Thel, à peu de distance de Méru. Mon nom et mes chansons y faisaient du bruit, et il n'en fallait pas davantage pour que la salle fût remplie de spectateurs. Le maire de la commune, honnête homme, tolérant et bon par excellence, était aussi du nombre. Le spectacle terminé, les spectateurs demandent que je chante des couplets de ma composition ; je cède, et je chante. On avait entendu parler du *Siége du Paradis ;* on veut l'entendre : j'insiste pour ne pas le chanter ; on me presse M. le maire lui-même m'invite à céder au vœu de l'auditoire ; enfin je me décide, mais, toutefois, ce n'est qu'après en avoir fait une courte analyse et avoir expliqué le sujet. Je chante, et tout le monde paraît satisfait. Ensuite M. le maire, avec qui je passe une demi-heure, me félicite et me complimente. Une autre société m'attendait, je cède à son invitation. Les jeunes gens qui la composaient, plus exigeans que M. le maire, veulent absolument avoir *le Siége du Paradis*; je refuse de le leur donner : ils s'y attendaient. Ils m'invitent à le chanter de nouveau : pour me débarrasser de leur importunité je le chante encore. Cela leur a suffi pour ajouter aux fragmens qu'ils avaient déjà recueillis, et le posséder tant bien que mal. Ils le possèdent, ils le chantent, et cela fait du bruit. Le juge de paix, homme méchant, hypocrite, ambitieux, détesté de tout le canton, en est averti, et à force d'intrigues parvient à se le procurer. C'était une petite fortune pour lui qui, depuis plusieurs années, était l'ennemi juré de M. Potier (maire). Il trouvait, dans la poursuite de cette affaire, de quoi se venger du bon et tolérant chef de la commune qui m'avait autorisé à chanter; il allait le faire destituer; enfin il prépare des témoins et une dénonciation. M. le procureur du roi de Senlis en est informé; cependant il ne lance ni mandat d'amener ni mandat de comparution. Dans la crainte d'échouer dans ses démarches et dans ses projets, l'humain juge de paix fait multiplier les copies du *Siége du Paradis,* et les envoie aux autorités supérieures de tout le département, en même temps qu'il ordonne au brigadier de la gendarmerie de Méru de m'arrêter, et de me conduire devant M. le procureur du roi, à Senlis.

Ce brigadier entend assez bien les mathématiques; ces connaissances-là m'avaient mis en rapport avec lui ; je le connaissais donc particulièrement. Le 23 novembre 1829, c'est-à-dire juste un mois après la soirée de Neuilly-en-Thel, je le rencontre; il m'invite à dîner; j'accepte. J'étais assez bien disposé ce jour-là, et pendant le repas je plaisantais, je riais de bon cœur, malgré l'espèce de contrainte que je remarquais chez lui et chez sa femme, sans pour cela en démêler la cause. Au dessert son embarras redouble; il ne sait comment m'annoncer la fatale nouvelle : cependant il faut qu'il m'intime l'ordre qu'il a de m'arrêter. Enfin il parle, et j'apprends que je suis l'objet de poursuites judiciaires. Loin de m'en affliger ma gaîté redouble; je le rassure en riant et en me constituant son prisonnier. Je fais part de mon arrestation aux personnes qui s'intéressaient à moi. M. G***, sachant que je devais coucher en prison, répond de moi au brigadier, et je couche chez lui.

Je ne suis plus libre : les fers de l'arbitraire ont enchaîné mes mains! Je n'étais pas sans asile, sans domicile, et depuis huit à neuf mois j'habitais Méru; cependant on m'arrête, on me traite comme un vagabond, un homme sans aveu!

Le texte de la lettre du juge de paix ne sera pas déplacé ici, et donnera une idée du bon esprit de son auteur.

Monsieur le Brigadier,

« Une chanson épouvantable intitulée, *le Siége du Paradis,* a » été chantée publiquement à Neuilly-en-Thel, le 23 octobre » dernier, et a scandalisé tous ceux qui l'ont entendue. Elle » outrage indignement la religion de l'état. Son auteur se dit » poète, menuisier, et résidant à Méru.

» Faites vos démarches pour le découvrir; vous l'arrêterez et » le conduirez devant M. le procureur du roi de Senlis, qui en » ordonnera suivant la loi.

» Il est laid, marqué de petite-vérole; il a le dos un peu voûté; » il se nomme *Becayer, Becber...*, enfin un nom à peu près sem» blable. On dit qu'il a travaillé à Puiseux-le-Haut-Berger il y a

» quelques années ; on dit aussi l'avoir vu travailler à Chambly
» il y a huit jours, chez M. Isambert, médecin.

» Si vous parvenez à le découvrir, arrêtez-le, prévenez-moi,
» et conduisez-le devant M. le procureur du roi de Senlis, etc. »

Il n'était pas difficile de m'arrêter ; et alors que j'étais signalé à l'autorité judiciaire, il n'était pas non plus de mon intérêt de me soustraire à ses poursuites. Mais m'arrêter comme un vagabond, c'était abuser indignement du pouvoir qui ne devrait jamais qu'honorer celui qui en est revêtu. Et pourquoi ce magistrat en abusait-il ? C'était pour satisfaire sa haine, c'était pour se venger d'un homme respectable qui ne partageait pas des principes désavoués par les gens de bien, et pour le signaler à l'autorité supérieure comme un homme hostile à ses intentions. Un motif plus puissant encore faisait agir le bon juge de paix : en donnant de l'éclat à cette affaire, en employant des moyens énergiques pour me traîner devant les tribunaux, l'ex-ministère, prenant en considération sa conduite officieuse, l'aurait élevé à de plus hautes fonctions ; on en aurait fait, par exemple, un procureur du roi, ou un sous-préfet, et par la suite un grand prévôt. Tous ses subordonnés et tous ceux qui ont été forçés de réclamer justice devant lui savent que son ambition avait de grandes espérances.

Enfin je suis arrêté.... Cependant, grâces aux soins généreux d'un homme de bien, je n'entends point encore se fermer sur moi les grosses et énormes portes, avec accompagnement sinistre de verrous ; mais le lendemain, au point du jour, il fallait se mettre en marche pour Chantilly, et de là à Senlis. Le brigadier de la gendarmerie de Méru devait me conduire lui-même jusqu'à Chantilly ; je n'en étais pas fâché, parce que j'avais l'espoir qu'étant de ses connaissances je serais traité avec quelques ménagemens pendant le voyage. La nuit se passe ; les gendarmes viennent me réveiller, et nous nous mettons en marche. La route que nous allions parcourir était toute de traverse ; et la pluie, qui n'avait cessé de tomber depuis plusieurs jours, l'avait rendue presque impraticable. Pourtant j'étais à pied, et le temps ne paraissait pas bien disposé. Le brigadier savait qu'en passant à Puiseux je devais parler à quelqu'un, il me dit qu'il a l'ordre de m'empêcher de communiquer avec qui que ce soit ; que pour être certain que l'ordre sera exécuté ponctuellement, je ne dois point traverser le village. En effet, on me fait tourner autour dans les sentiers et dans la boue jusqu'au cou. La neige mêlée de pluie, tombant en abondance, me mettait déjà dans un état pitoyable. Je n'avais pas, comme les bons gendarmes, un cheval pour me porter et un grand manteau pour me couvrir.

Nous approchons de Neuilly-en-Thel; et comme le détour eût été trop long pour éviter de traverser cette commune, nous en suivons le chemin : d'ailleurs les gendarmes devaient s'y arrêter pour recevoir de nouvelles instructions du zélé juge de paix ; mais les précautions avaient été prises pour m'empêcher toutes communications : ce magistrat avait posté, pour surveiller mon passage, les gardes-champêtres des communes voisines. On le voit, j'étais traité comme si j'eusse été coupable de haute trahison; cependant ce n'était que pour une misérable chanson !

Nous traversons Neuilly dans la boue et tout couverts de neige. Chacun à travers les fenêtres me regardait pitoyablement en murmurant tout bas, parce qu'il n'eût pas été prudent de se plaindre tout haut. On me dépose dans une maison, on me garde à vue, et l'on va prendre les instructions du juge de paix.

Quelle différence! il y a un mois j'étais entouré de tout le monde; je venais de donner un peu de pain à des malheureux ; et aujourd'hui, dans un état affreux, je suis traîné, conduit comme le dernier des scélérats; l'appareil qu'on déploie méchamment pour appesantir mes fers effraie les gens de bien, et on ne laisse parvenir jusqu'à moi, ne pouvant faire autrement, que quelques regards de pitié.

Nous nous remettons en route, et le mauvais temps continue toujours. Les gendarmes se donnaient au diable; la neige couvrait entièrement les chemins, et les chevaux s'embourbaient à chaque instant dans des ornières que leurs cavaliers ne pouvaient apercevoir. Nous arrivons comme nous pouvons à Crouy; on s'arrête chez le maire pour lui signer la feuille, en acceptant un déjeuner qu'il propose; les chevaux sont mis à l'écurie, et moi en lieu de sûreté, à la cuisine cependant. Le maire pense que je dois avoir besoin de prendre quelque chose pour me restaurer un peu, il m'envoie un morceau de pain; mais malgré la fatigue et l'état où je me trouvais, l'appétit ne me talonnant pas, je refuse.

Mon escorte, après s'être mise en bon état, monte à cheval; nous continuons notre triste voyage avec le mauvais temps, et des chemins encore plus mauvais. Nous traversons l'Oise à Prescy; nous nous arrêtons encore dans une ferme située sur le bord de cette rivière, croyant que la neige et la pluie cesseraient de tomber : le temps s'écoule, il est toujours le même, et nous voyageons encore.

Nous arrivons à Chantilly : il est trois heures après midi. Nous avions fait un trajet de sept lieues depuis sept heures du matin; il restait encore deux lieues à faire pour arriver à Senlis, je désirais y aller le même jour. On me le fait espérer, mais en attendant on me fait entrer dans un petit endroit tout noir, de six pieds carrés environ, en fermant sur moi deux énormes portes, ornées chacune de deux verrous, serrures et accessoires.

Peut-on se figurer mon état affreux?... J'avais visité une fois seulement des prisonniers; je n'étais sorti de leur triste demeure qu'avec le sentiment d'une profonde horreur. Je n'avais pas voulu voir leurs cachots; l'idée que je m'en faisais m'effrayait trop; cependant on vient de m'y plonger!... Appuyé contre la muraille, frappé comme d'un coup de foudre, attéré, mes idées se troublent... Mais bientôt, rappelant mon courage, je descends dans mon cœur : le calme, la sérénité y régnaient encore, j'y retrouve cette force que donne une conscience pure, et qui me fit supporter avec patience les maux qu'on me faisait endurer.

J'attendais depuis près d'une heure qu'on me fît sortir de cet épouvantable cachot pour aller à Senlis, quand j'entends ouvrir l'une des deux portes qui me séquestraient... Oh! comme cela fait du bien! j'allais revoir le grand jour!... J'écoute... C'était le maréchal-des-logis qui faisait voir les localités de l'établissement au brigadier qui m'avait amené; il lui faisait remarquer les changemens qu'il avait fait faire pour la sûreté de ses pensionnaires et la sienne propre. Ce n'était donc pas pour moi qu'on venait?... Espérance trompée!... J'appelle;... on me demande ce que je veux... « Aller à Senlis. — Vous n'irez pas aujourd'hui. — Ah! M. B..., j'avais compté sur vous pour quelques ménagemens, vous m'avez trompé. — Est-ce qu'on ne vous a pas envoyé à manger? — Je n'ai rien vu. — On va vous en envoyer. » Une demi-heure après on vient encore dans la première pièce, et par le guichet de la deuxième porte on me fourre un morceau de pain, en me recommandant de prendre patience jusqu'au lendemain à huit heures du matin.

Il était quatre heures et demie du soir... Encore quinze heures et demie! que c'est long!... J'étais mouillé jusqu'aux os; et ma chaussure, tout-à-fait perdue par les mauvais chemins, m'avait mis nu-pieds. En entrant dans le cachot, la fatigue de la route m'ayant échauffé, je n'avais pas froid; mais peu à peu je me refroidissais, et je devins bientôt glacé... Il n'y avait qu'un peu de vieille paille qui n'avait pas été renouvelée depuis long-temps. Je la rassemble dans un coin et je m'y blottis... Que de tristes réflexions viennent m'accabler! J'étais dans un cachot que des scélérats ont rempli de leurs gémissemens! J'étais sur la paille où le crime avait dévoré ses remords! Le silence qui régnait autour de moi, joint à la profonde obscurité du cachot, portait dans mes sens une inexprimable horreur.

Je rappelle ma philosophie et mon courage; je fais la division des heures qui doivent s'écouler jusqu'au lendemain huit heures, en tâchant d'en régler l'emploi. A quoi pouvais-je m'employer? Je ne voulais pas m'évader, et quand même je n'aurais pas pu le faire. . . . . Mon temps est employé à aller et venir, à chanter et à déclamer. L'ennui pouvait venir m'ôter le reste de mes forces pour *aller et venir;* il pouvait venir me faire déchanter, et m'empêcher de déclamer; et pour le chasser, malgré ses liaisons avec la nécessité, je compte combien on peut faire de tours dans un espace de six pieds carrés en une demi-heure; je compte combien on peut chanter de chansons en une demi-heure, et combien on peut réciter de vers dans le même espace de temps. Ainsi de demi-heure en demi-heure, en changeant mes occupations, j'attends huit heures du matin en courant, chantant et déclamant; souvent je faisais tout à la fois. Vers le matin je courais encore plus fort, je sautais. Il le fallait, le froid me gagnait. L'exercice que je me donnais, commandé par la nécessité, rendait ma gaîté bien triste; car enfin j'étais dans un cachot, et cette idée-là rendait mes dernières heures bien longues. Pourtant elles finissent par s'écouler; les portes s'ouvrent, je salue encore une fois le beau jour! Une nouvelle escorte s'empare de moi, et l'on me conduit à Senlis. Le temps était plus beau que la veille; il avait fait une belle gelée blanche. Je chemine un peu plus gaîment, toutefois en cherchant à m'expliquer la conduite du brigadier de Méru. Il n'avait point de vengeance particulière à exercer contre moi; cependant, quels que fussent les ordres qu'il eût reçus, il ne lui en aurait rien coûté pour en adoucir la rigueur. S'il avait reçu les ordres inhumains de me maltraiter, il aurait pu m'en prévenir, sans m'inviter à dîner pour me donner un pareil dessert, et pour me traîner le lendemain dans un affreux cachot. Ce qu'il y a de plus coupable dans sa conduite, c'est que depuis quelque temps il projetait une partie de plaisir avec le maréchal-des-logis de Chantilly quand une occasion se présenterait. C'est moi qui la lui fournis... Qu'est-ce donc qu'un gendarme?... Et celui-là c'en est un *bon!...*

Nous arrivons à Senlis. On me conduit chez le procureur du roi : on lui remet le procès-verbal de mon arrestation ; il le parcourt... « Ah ! ah ! dit-il, c'est donc vous, bon sujet, qui vous permettez d'écrire de si jolies choses ? Eh bien ! c'est très-bien. Je vais joliment vous traduire devant les tribunaux. Conduisez-moi ce gaillard-là en prison ; je vais le soigner !... Ah ! ah... on va vous interroger... » Et les gendarmes m'emmènent à la prison... Quel accueil ! qu'on se figure un bambin qui dit à un frère ignorantin qu'il aime mieux aller à l'enseignement mutuel.

Voilà comme m'a reçu l'un des plus dignes magistrats du parquet de Charles X ; c'est un homme respectable, juste et impartial. Après avoir appelé sur moi tout l'intérêt du tribunal dans son plaidoyer, il m'a prodigué toutes sortes d'égards pendant ma captivité : il se plaisait à s'entretenir avec moi ; et si ma réception fut telle, elle lui a été suggérée par l'affreux juge de paix de Neuilly-en-Thel, qui avait trempé sa plume dans le fiel d'un jésuite pour me noircir de la manière la plus infame devant les juges qui allaient disposer de ma liberté. Enfin M. Guérard, procureur du roi sous le gouvernement déchu, est digne en tout de l'estime du nouveau.

On me dépose à la prison ; on me met d'abord au secret, et quelques heures après on vient me chercher pour subir un interrogatoire.

Le juge d'instruction, après m'avoir demandé noms, âge et profession, me dit : « Le 23 octobre dernier, n'étiez-vous pas à Neuilly-en-Thel ?

R. Oui, monsieur.

D. N'avez-vous pas joué la comédie ?

R. Oui, monsieur.

D. Que jouait-on ?

R. Le Parleur éternel, et *le Savetier et le Financier.*

D. Après le spectacle n'avez-vous pas chanté?

R. Oui, parce qu'on me l'a demandé.

D. Qu'avez-vous chanté ?

R. Des chansons de ma composition.

D. Mais, parmi ces chansons, il y en avait une qui a pour titre *le Siége du Paradis ?*

R. Oui, mais je ne l'ai chantée qu'après avoir refusé longtemps aux vives instances des spectateurs, et qu'après que le maire de la commune, qui était présent, et à qui j'en avais préalablement donné connaissance, m'eût invité lui-même à la chanter.

D. Êtes-vous l'auteur de cette chanson ?

R. Non, monsieur.

D. Le connaissez-vous ?

R. Non, monsieur. (Je me reprends sur-le-champ.) Je ne veux pas mentir. Oui, c'est moi qui en suis l'auteur.

D. L'avez-vous fait imprimer ?

R. Non, monsieur.

D. L'avez-vous donnée manuscrite ?

R. Non, monsieur.

D. Des jeunes gens qui assistaient au spectacle vous l'ont demandée ?

R. Oui, monsieur; mais j'ai refusé de la leur donner.

D. Ne la leur avez-vous pas dictée ?

R. Non ; mais m'ayant invité à la chanter de nouveau, ils ont trouvé le moyen de rectifier de leur mieux les fragmens qu'ils avaient déjà recueillis.

D. Quels étaient ces jeunes gens ?

R. Des clercs de notaires, d'huissiers, et des fils de fabricans.

D. La voici. (On me présente un manuscrit.) Parcourez-la, et voyez si vous la reconnaissez.

R. C'est bien à peu près le fond, mais elle est tronquée...... défigurée...... le rythme n'est pas observé, et elle ne pourrait plus se chanter sur l'air. Par exemple : des quatre vers de cinq syllabes chaque qui précèdent le refrain de chaque couplet, on en a fait deux vers de dix syllabes qui, en changeant le rythme, en dénaturent le sens.

D. Signalez tous les changemens, et dites ce qu'il y avait à la place. »

J'indique à peu près, et je me réserve de la produire au tribunal telle qu'elle a été composée.

On me saura gré, je crois, de la rapporter ici comme on me l'a présentée.

LE SIÉGE DU PARADIS,

AMPHIGOURIS INFERNALICO-DIABOLIQUE,

EN QUINZE CHANTS.

PREMIER.

En terminant une pompeuse orgie,
Tous les damnés disaient à Lucifer:
Abandonnons le séjour de l'enfer,
Pour essayer une autre vie.
    Chez les bienheureux,
    Habitans des cieux,
Portons la guerre avec furie.
    Montons tous là-haut,
    Prenons-les d'assaut,
Battons, rossons tous ces coquins de saints,
Et damnons comme de vrais vilains.

Au bruit des chaudrons, des pétards, des canons,
Au cri des hiboux, des lutins, des dragons.

IIe.

Bravo ! vivat ! ô phalange infernale !
Dit Lucifer en crachant dans ses mains.
Armons-nous donc, et chargeons nos lutins
D'ouvrir la marche triomphale.
    Et par bataillons,
    Et par escadrons,
Suivez Mahomet chez Tantale.
    Jean-Jacques Rousseau,
    Suivi de Boileau,
Va commander les esprits infernaux;
Nostradamus va bénir les drapeaux.

Au bruit, etc.

IIIe.

Pour m'escorter, un bataillon d'élite
Sera formé de bons républicains,
Et ma garde, jacobins et Romains,
Sera commandée par Thersite.
    Voltaire et Néron,
    Avec Fénélon,
Marcheront ensemble à ma suite.
    Et mes lieutenans,
    Armés jusqu'aux dents,
Seront Sylla, Marc-Antoine et Calvin.
Tristan-l'Ermite sonnera le tocsin.

Au bruit, etc.

IVe.

Amis, quittons le ténébreux domaine,
Avec ardeur marchons tous *au combat;*
Chez l'Éternel on ne nous attend pas,
Et nous pourrons vaincre sans peine.
    Pour parlementer,
    Il faut dépêcher,
Marat, Pylade et Diogène.
    Alors ces lurons,
    En vrais fanfarons,
S'en vont frapper à la porte du ciel
Et demander audience à l'Éternel.

Au bruit, etc.

Ve.

Que voulez-vous? leur demande saint Pierre,
Osez-vous bien vous présenter ici ?
Mais le bon Dieu ne reçoit point *chez lui*
Ceux qui ont bravé sa colère!
    — Nous venons chez vous
    Vous en chasser tous,
Car on vous déclare la guerre.
    Votre Jésus-Christ,
    Et le Saint-Esprit,
Et tous vos saints ne nous feront pas peur;
En vrais démons nous portons la terreur.

Au bruit, etc.

VIe.

Au paradis on bat la générale,
Pour réveiller tous les saints endormis;
On rassemble les célestes esprits,
Mais la frayeur est générale.
Alors le bon Dieu
Leur dit: Ventrebleu!
Allons, messieurs, qu'on se signale.
Car tous les damnés
Se sont révoltés,
Dans ces lieux ils viennent pénétrer,
Entendez-vous? on vient nous attaquer.

Au bruit, etc.

VIIe.

Punissons-les d'un dessein téméraire,
Vous, cher Michel, secondez mon courroux,
Et pour frapper de redoutables coups,
Que l'on m'apporte mon tonnerre.
Vous l'avez cassé,
Répond Salomé,
L'autre jour étant en colère.
Vite Gabriel,
Vite Raphaël,
Apportez-moi bien vite le soleil;
Mais Josué l'a détaché du ciel.

Au bruit, etc.

VIIIe.

Déjà Satan vient d'enfoncer la porte,
En culbutant les pauvres chérubins;
Et les lutins forcent des séraphins
La grande et nombreuse cohorte.
Tous les pauvres saints
Sont bientôt aux mains
Avec Achille et son escorte.
David et Luther
Ont croisé le fer,
Quand Abraham est battu par Lamech,
Lorsque Cromwel abat Melchisédech.

Au bruit, etc.

IXe.

Antiochus vient animer l'affaire,
Plus loin Hercule assomme Éléazar.
Luc et Matthieu sont vaincus par César,
Et puis Jésus-Christ par Voltaire.
Là-bas Soliman
Terrasse saint Jean,
Qui veut faire le téméraire.
Après c'est Hamlet,
Avec Mahomet,
Qui poursuivent saint Paul et saint Martin,
Quand Annibal coupe une oreille à saint Crépin (1).

Au bruit, etc.

(1) Variantes pour la mesure du vers :

Quand Annibal a c. . . . . saint Crépin.

Xe.

Un patriarche attaque Robespierre,
Et cet Hébreu n'y voyait que du feu,
Avec Scipion saint Louis n'a pas beau jeu;
Et Salomon mord la poussière.
Plus loin Attila
Sabre Loyola
Près de la vierge de Nanterre.
Et quand Ravaillac
Décolle Isaac,
Agamemnon poursuit saint Augustin
Et don Quichotte attaque Innocentin.

Au bruit, etc.

XIe.

Quand Romulus rondinait Jérémie,
Piron violait (1) la mère du Sauveur,
Et Mirabeau talonnait de bon cœur
Le pauvre bonhomme Tobie.
Lorsque Jeanne-d'Arc
Combattait saint Marc
Et le grand-prêtre Zacharie,
Le père Sournois,
Et le beau Dunois,
Avec Ajax et puis quelques visirs
Faisaient sauter les quarante martyrs.

Au bruit, etc.

(1) Variantes :

Piron b. . . . . . .
Piron p. . . . . . .

XIIe.

Polichinel suivait Job a la piste,
Et Figaro calottait Raphaël;
Ézéchiel et son ami Daniel
Étaient battus par un trapiste.
Corneille et Judas
Rossaient saint Thomas,
Et Bossuet, saint Jean-Baptiste.
Et Napoléon
Avec Absalon
Turlupinait les filles de Sion
De compagnie avec Jason et Pluton.

Au bruit, etc.

XIIIe.

Là Belphégor éventre Catherine,
Quand Holopherne est vengé *par Judith.*
L'aigle français plume le Saint-Esprit,
Saint François cède à Proserpine.
Et Pépin-le-Bref
Battait saint Joseph
Avec saint Jean-Porte-Latine.
D'un coup d'échalas
Le grand Nicolas
Est assommé par le vaillant Hector;
Léonidas frappait comme un butor.

Au bruit, etc.

XIVe.

Pour terminer ce combat mémorable,
Germanicus s'appropriait Esther ;
Sémiramis, Brutus et Jupiter
Attaquent le plus redoutable.
Le pauvre bon Dieu
N'avait pas beau jeu,
Il s'était battu comme quatre :
Soudain Marmontel,
D'un coup de soleil,
L'envoie dormir au milieu des éclairs.
Caïn le lance au milieu des enfers.

Au bruit, etc.

XVe.

Enfin Satan remporte la victoire ;
Du paradis tous les saints sont bannis.
Les infernaux et célestes esprits
Se montrent rayonnans de gloire.
Alors les démons,
En joyeux lurons,
Chantent à boire, à boire, à boire !
De tous ces lutins
Les joyeux refrains
Sont répétés par Bacchus et Comus
Avec Momus, qui vient faire chorus.

Au bruit des chaudrons, des pétards, des canons,
Au cri des hiboux, des lutins, des dragons.

M. le juge d'instruction insiste pour que je lui déclare comment est la veritable chanson ; je m'en tiens à ma première résolution de la produire au tribunal et de réfuter celle qu'on me présentait.

Mon interrogatoire est terminé ; on m'en fait la lecture, et je le signe.

Mon arrestation est confirmée ; on décerne un mandat de dépôt, et je suis écroué dans la prison de Senlis, en attendant que le tribunal prononce sur les deux chefs de prévention, ainsi conçus :

Pierre-Félix Becker est prévenu d'avoir, 1° outragé la morale publique et religieuse, en chantant publiquement une chanson intitulée *le Siége du Paradis*, délit prévu par les articles 1 et 8 de la loi du 17 mai 1819 ; 2° outragé la religion de l'État en la tournant en dérision, délit prévu par l'article 1 de la loi du 25 mars 1822.

On m'installe dans la prison, non pas dans un endroit agréable et commode, mais parmi les misérables que la société repousse de son sein. Quel spectacle affreux! et quelle situation plus affreuse encore que celle d'être confondu parmi des malfaiteurs! J'entre dans la petite cour qui leur est destinée après avoir passé deux énormes portes, et très-basses. Un tourniquet protégeait la deuxième en cas d'insurrection de la part des prisonniers. Dans cette cour je ne vois que des murs très-élevés, et des grilles de fer çà et là. Il faisait froid, et les *camarades* que l'arbitraire venait de me donner étaient dans un petit endroit qu'on appelle chauffoir; seulement quelques braconniers se promenaient, et ne rentraient que quand ils ne pouvaient plus supporter le froid.

Les *camarades* apprennent bientôt qu'un nouvel hôte est arrivé; alors ils se précipitent pour me voir. . . . . Dieu! quelles figures! ils m'abordent et cherchent à me rassurer, en me disant que je serais bientôt habitué avec eux. . . . . Ils parlent aussi de *bien-venue*. . . . . et finissent par m'inviter à entrer dans leur appartement, que nous devions partager ensemble. J'entre; c'est un espace de sept pieds de large, sur neuf à dix de profondeur, qui n'est éclairé que par une petite croisée grillée; autour sont des bancs de pierre que chacun se dispute, attendu que ces bancs ne sont pas assez grands pour contenir tout le monde; alors se groupe, autour d'un poële qui est placé dans le milieu de la pièce, le reste de la compagnie, ce qui a un grand inconvénient dont les conséquences amènent souvent des querelles, en ce que ceux qui sont assis ne reçoivent point la chaleur du poële, qui est interceptée par ceux qui sont debout. Comme on le voit, le séjour est très-agréable; qu'on y ajoute l'odeur infecte d'hommes qui ne changent pas de vêtemens, attendu que l'on couche sur la paille, mêlée à celle de la pipe et à la chaleur d'un poële de fonte. Voilà pourtant ma nouvelle demeure!. . . . . L'autorité n'ignore aucune des particularités que je viens de citer, puisque les prisons sont visitées par des commissions nommées à cet effet; c'est donc un acte de barbarie d'autant plus coupable que des réclamations contre de pareilles mesures se multiplient depuis long-temps, sans qu'on songe sérieusement à leur faire droit. Mais les membres du gouvernement odieux qui pesait sur nous avaient des vengeances à exercer pour les jours de captivité qu'ils s'étaient attirés, pour leur acharnement contre l'ordre légal, et une vengeance aussi plate s'accorde parfaitement avec l'astucieuse ineptie qui les a si bien caractérisés. Si une étincelle de bonne foi pouvait trouver place dans l'ame des Polignac et autres, qui connaissent comme lui les prisons d'état, ils diraient que leurs cœurs palpitaient de joie en se figurant la position des martyrs de la liberté, plongés tout vivans dans des tombeaux, par l'ordre des bourreaux en habits brodés, et mourant mille fois par jour, abreuvés des plus poignantes humiliations, comparés à chaque instant aux empoisonneurs, aux incendiaires, aux voleurs de grand chemin, aux rebuts de la société enfin. Mais leur vengeance n'était point encore satisfaite en poursuivant ceux qui voulaient, au prix de leur sang, renverser le règne de la

M. le juge d'instruction insiste pour que je lui déclare comment est la véritable chanson; je m'en tiens à ma première résolution de la produire au tribunal et de réfuter celle qu'on me présentait.

Mon interrogatoire est terminé ; on m'en fait la lecture, et je le signe.

Mon arrestation est confirmée ; on décerne un mandat de dépôt, et je suis écroué dans la prison de Senlis, en attendant que le tribunal prononce sur les deux chefs de prévention, ainsi conçus :

Pierre-Félix Becker est prévenu d'avoir, 1° outragé la morale publique et religieuse, en chantant publiquement une chanson intitulée *le Siége du Paradis*, délit prévu par les articles 1 et 8 de la loi du 17 mai 1819 ; 2° outragé la religion de l'État en la tournant en dérision, délit prévu par l'article 1 de la loi du 25 mars 1822.

On m'installe dans la prison, non pas dans un endroit agréable et commode, mais parmi les misérables que la société repousse de son sein. Quel spectacle affreux! et quelle situation plus affreuse encore que celle d'être confondu parmi des malfaiteurs! J'entre dans la petite cour qui leur est destinée après avoir passé deux énormes portes, et très-basses. Un tourniquet protégeait la deuxième en cas d'insurrection de la part des prisonniers. Dans cette cour je ne vois que des murs très-élevés, et des grilles de fer çà et là. Il faisait froid, et les *camarades* que l'arbitraire venait de me donner étaient dans un petit endroit qu'on appelle chauffoir; seulement quelques braconniers se promenaient, et ne rentraient que quand ils ne pouvaient plus supporter le froid.

Les *camarades* apprennent bientôt qu'un nouvel hôte est arrivé; alors ils se précipitent pour me voir. . . . . Dieu! quelles figures! ils m'abordent et cherchent à me rassurer, en me disant que je serais bientôt habitué avec eux. . . . . Ils parlent aussi de *bien-venue*. . . . . et finissent par m'inviter à entrer dans leur appartement, que nous devions partager ensemble. J'entre ; c'est un espace de sept pieds de large, sur neuf à dix de profondeur, qui n'est éclairé que par une petite croisée grillée ; autour sont des bancs de pierre que chacun se dispute, attendu que ces bancs ne sont pas assez grands pour contenir tout le monde ; alors se groupe, autour d'un poële qui est placé dans le milieu de la pièce, le reste de la compagnie, ce qui a un grand inconvénient dont les conséquences amènent souvent des querelles, en ce que ceux qui sont assis ne reçoivent point la chaleur du poële, qui est interceptée par ceux qui sont debout. Comme on le voit, le séjour est très-agréable ; qu'on y ajoute l'odeur infecte d'hommes qui ne changent pas de vêtemens, attendu que l'on couche sur la paille, mêlée à celle de la pipe et à la chaleur d'un poële de fonte. Voilà pourtant ma nouvelle demeure !. . . . . L'autorité n'ignore aucune des particularités que je viens de citer, puisque les prisons sont visitées par des commissions nommées à cet effet ; c'est donc un acte de barbarie d'autant plus coupable que des réclamations contre de pareilles mesures se multiplient depuis long-temps, sans qu'on songe sérieusement à leur faire droit. Mais les membres du gouvernement odieux qui pesait sur nous avaient des vengeances à exercer pour les jours de captivité qu'ils s'étaient attirés, pour leur acharnement contre l'ordre légal, et une vengeance aussi plate s'accorde parfaitement avec l'astucieuse ineptie qui les a si bien caractérisés. Si une étincelle de bonne foi pouvait trouver place dans l'ame des Polignac et autres, qui connaissent comme lui les prisons d'état, ils diraient que leurs cœurs palpitaient de joie en se figurant la position des martyrs de la liberté, plongés tout vivans dans des tombeaux, par l'ordre des bourreaux en habits brodés, et mourant mille fois par jour, abreuvés des plus poignantes humiliations, comparés à chaque instant aux empoisonneurs, aux incendiaires, aux voleurs de grand chemin, aux rebuts de la société enfin. Mais leur vengeance n'était point encore satisfaite en poursuivant ceux qui voulaient, au prix de leur sang, renverser le règne de la tyrannie, il fallait qu'elle s'étendît sur les paisibles écrivains que la vérité inspirait, et sur tous ceux dont les opinions et les principes n'étaient pas les leurs. Aussi les Béranger, les Magalon, les Piton, les Émile Debraux, les Fontan, etc., sont-ils venus tour à tour partager les fers des misérables qui avaient encore assez de pudeur pour ne pas oser se comparer à ces victimes de l'arbitraire.

Je prends mon parti en brave, et j'attends patiemment que le tribunal prononce sur mon compte.

Cependant les principaux habitans de Méru, indignés de mon arrestation, adressent une réclamation à M. le procureur du roi, appuyée de M. le maire de cette commune, qui atteste en faveur de ma moralité, et loin d'être un vagabond et sans asile, ils attestent que je suis domicilié à Méru. Mais j'étais écroué alors, et le procureur du roi, détrompé par des personnes qui me connaissaient de réputation, emploie tout son pouvoir pour accélérer l'instruction de l'affaire, et hâter le jugement.

M. le juge-auditeur vient me voir, et semble prendre part à ma cruelle position. Il me dit comment Me Durantin, qui me connaissait seulement par la voie d'un journal dont il est correspondant, avait disposé mes juges et donné un contre-poids aux noirceurs du juge de paix de Neuilly-en-Thel, de sorte que le tribunal se disposait à me traiter avec beaucoup d'égards. Connaissant déjà les bienveillantes intentions de M. Durantin, je le demande et lui confie, s'il veut bien l'accepter, ma défense; il m'ouvre les bras, et me promet l'appui de son éloquence. Je lui remis bientôt *le Siége du Paradis* tel que je l'ai composé; il se prépare à combattre les intentions et les sentimens qu'on me supposait. La veille du jour de mon jugement, en me venant voir, mon défenseur me dit que je ferais bien de composer quelques vers pour ajouter à ma défense, et pour implorer la clémence de mes juges, alors j'ai composé les trois stances intitulées *Ma Muse à ses juges.*

Le jour arrive, et mon cœur est serré; je presséns que, malgré les bonnes dispositions du tribunal, je n'échapperais pas à une condamnation ; mon défenseur ne l'espérait pas non plus.

Les gendarmes viennent et me conduisent au tribunal; une foule de curieux m'y attendaient. J'entre, et je vois sur la figure de mes juges la bonté même mêlée à la sévérité de leur caractère : ce mélange avait je ne sais quoi d'imposant, et m'inspirait pour eux une grande vénération. Le président (M. Boucherez) me dit avec un ton tout paternel : Asseyez-vous auprès de votre défenseur; ce que je fis.

La séance était commencée, et elle fut suspendue à mon arrivée; on la reprend immédiatement. On jugeait un procès du juge de paix qui m'avait dénoncé, contre le maire qui m'avait autorisé à chanter la chanson incriminée. Ce procès, qui durait déjà depuis long-temps à propos d'un chemin; était cause de la haine qui existait entre les deux magistrats. Me Bezout, qui avait la parole pour le maire, a convaincu le tribunal par des argumens clairs et concis de l'animosité de l'un contre l'autre, et a prouvé par là, à tout l'auditoire, que je n'avais été dénoncé que dans des vues d'intérêt, et pour satisfaire la haine de mon dénonciateur.

Pour des renseignemens dont le tribunal a besoin, et qui manquent, cette cause est remise, et je suis appelé.

Le greffier fait lecture du procès-verbal, et l'on procède ensuite à l'appel des témoins. Ils sont sept, et de ce nombre est une jeune fille. Mais quels sont ces témoins? ce sont des villageois, que notre civilisation n'a point encore fait sortir de l'état de barbarie où les siècles passés étaient plongés; ce sont des êtres bruts, qui ont mêlé la rusticité que leur a donnée la nature avec les principes dégénérés de notre première révolution et qui a mis dans leurs mœurs quelque chose de monstrueux. Et voilà les témoins qui viennent dire qu'ils avaient été scandalisés tyrannie, il fallait qu'elle s'étendît sur les paisibles écrivains que la vérité inspirait, et sur tous ceux dont les opinions et les principes n'étaient pas les leurs. Aussi les Béranger, les Magalon, les Piton, les Émile Debraux, les Fontan, etc., sont-ils venus tour à tour partager les fers des misérables qui avaient encore assez de pudeur pour ne pas oser se comparer à ces victimes de l'arbitraire.

Je prends mon parti en brave, et j'attends patiemment que le tribunal prononce sur mon compte.

Cependant les principaux habitans de Méru, indignés de mon arrestation, adressent une réclamation à M. le procureur du roi, appuyée de M. le maire de cette commune, qui atteste en faveur de ma moralité, et loin d'être un vagabond et sans asile, ils attestent que je suis domicilié à Méru. Mais j'étais écroué alors, et le procureur du roi, détrompé par des personnes qui me connaissaient de réputation, emploie tout son pouvoir pour accélérer l'instruction de l'affaire, et hâter le jugement.

M. le juge-auditeur vient me voir, et semble prendre part à ma cruelle position. Il me dit comment Me Durantin, qui me connaissait seulement par la voie d'un journal dont il est correspondant, avait disposé mes juges et donné un contre-poids aux noirceurs du juge de paix de Neuilly-en-Thel, de sorte que le tribunal se disposait à me traiter avec beaucoup d'égards. Connaissant déjà les bienveillantes intentions de M. Durantin, je le demande et lui confie, s'il veut bien l'accepter, ma défense; il m'ouvre les bras, et me promet l'appui de son éloquence. Je lui remis bientôt *le Siége du Paradis* tel que je l'ai composé; il se prépare à combattre les intentions et les sentimens qu'on me supposait. La veille du jour de mon jugement, en me venant voir, mon défenseur me dit que je ferais bien de composer quelques vers pour ajouter à ma défense, et pour implorer la clémence de mes juges, alors j'ai composé les trois stances intitulées *Ma Muse à ses juges.*

Le jour arrive, et mon cœur est serré; je pressens que, malgré les bonnes dispositions du tribunal, je n'échapperais pas à une condamnation ; mon défenseur ne l'espérait pas non plus.

Les gendarmes viennent et me conduisent au tribunal; une foule de curieux m'y attendaient. J'entre, et je vois sur la figure de mes juges la bonté même mêlée à la sévérité de leur caractère : ce mélange avait je ne sais quoi d'imposant, et m'inspirait pour eux une grande vénération. Le président (M. Boucherez) me dit avec un ton tout paternel : Asseyez-vous auprès de votre défenseur; ce que je fis.

La séance était commencée, et elle fut suspendue à mon arrivée; on la reprend immédiatement. On jugeait un procès du juge de paix qui m'avait dénoncé, contre le maire qui m'avait autorisé à chanter la chanson incriminée. Ce procès, qui durait déjà depuis long-temps à propos d'un chemin, était cause de la haine qui existait entre les deux magistrats. Me Bezout, qui avait la parole pour le maire, a convaincu le tribunal par des argumens clairs et concis de l'animosité de l'un contre l'autre, et a prouvé par là, à tout l'auditoire, que je n'avais été dénoncé que dans des vues d'intérêt, et pour satisfaire la haine de mon dénonciateur.

Pour des renseignemens dont le tribunal a besoin, et qui manquent, cette cause est remise, et je suis appelé.

Le greffier fait lecture du procès-verbal, et l'on procède ensuite à l'appel des témoins. Ils sont sept, et de ce nombre est une jeune fille. Mais quels sont ces témoins? ce sont des villageois, que notre civilisation n'a point encore fait sortir de l'état de barbarie où les siècles passés étaient plongés; ce sont des êtres bruts, qui ont mêlé la rusticité que leur a donnée la nature avec les principes dégénérés de notre première révolution et qui a mis dans leurs mœurs quelque chose de monstrueux. Et voilà les témoins qui viennent dire qu'ils avaient été scandalisés de mes chansons! Voilà l'aréopage qui va faire condamner ma gaieté, écoutons leurs dépositions et on les appréciera. Le premier vient, et après le serment et les formalités d'usage, M. le président lui dit: « Le 23 octobre dernier, n'avez-vous pas assisté à une soirée publique?

R. Oui, monsieur.

D. Qu'y avez-vous vu?

R. Ah! ben..... j'avons vu la comédie.

D. Qu'est-ce que c'était que cette comédie?

R. C'était monsieur Becker, que v'là, avec d'autres, qui faisions *l' Parleur éternel* et puis *l' Savetier et l' Financier*.

D. Après cela n'avez-vous rien entendu?

R. Ah! après ça, y a monsieur Becker qui a chanté des chansons.

D. Quelles étaient ces chansons?

R. Ah! dam, je ne m'en souviens pas.

D. Vous n'avez rien trouvé de remarquable parmi quelques-unes?

R. Je n' sais pas..... Ah! si fait; y en a une qu'on appelait *le Siége du Paradis*.

D. Qu'est-ce que vous y avez trouvé?

R. Je n' sais pas.

D. Mais qu'est-ce qu'elle disait cette chanson?

.*R* Dam! je crois que ça parlait des saints et pis des diables.

D. Comment y étaient-ils traités?

R. Je n' sais pas. »

M. le président, en les citant, demande au témoin s'il a entendu les expressions ordurières disséminées dans la chanson déposée par le juge de paix.

Il répond que non, et qu'il en est bien sûr; enfin sur la demande de l'effet qu'a produit cette chanson, il répond qu'elle a fait rire tout le monde. Il va s'asseoir, et le deuxième est introduit. Aux demandes qui lui sont faites il fait à peu près les mêmes réponses que le précédent. Le troisième dépose à son tour, et comme les deux premiers ne se rappelle pas les expressions contenues dans les chansons; à peine s'il se souvient des sujets qu'elles traitent, mais lorsque M. le président lui a demandé comment la religion était traitée dans *le Siége du Paradis;* il a répondu avec une emphase vraiment comique « : Ah! c'est ben digne d'elle!..» à cette réponse M. le procureur se lève précipitamment et s'écrie: « De sorte qu'on pourrait chanter cette chanson dans une église comme un cantique?—Ah! ben au contraire... » Il va s'asseoir. Vient ensuite le quatrième; mêmes réponses. Le cinquième, mêmes réponses. Enfin le sixième: ignorance absolue; il se rappelle bien qu'on a chanté, mais il ne se rappelle pas ce qu'on a chanté à plusieurs reprises. M. le président: « Quels sont les titres des chansons?» Il n'en sait rien. A la fin on lui demande quel effet a produit sur lui ces chansons; il répond d'un air dégagé: « Ah! ah!... ah ben! ça m'a fait l'effet du *Siége du Paradis!.* » et tout le monde de rire... Le septième témoin est introduit, c'est la jeune fille. Elle répond à peu près comme le premier témoin aux premières questions qui lui sont adressées par M. le président; elle se souvient

très-bien d'avoir entendu chanter *le Siége du Paradis;* elle ajoute même, sur l'interpellation qui lui est faite, qu'elle pourrait sans rougir, et devant tout le monde, répéter toutes les expressions contenues dans cette chanson telle qu'elle l'a entendu chanter. Elle va prendre place auprès des autres témoins.

A mon tour. Je réponds de même qu'à mon premier interrogatoire par le juge d'instruction, puisque l'interpellation faite par M. le président contient les mêmes questions. Quant à la véritable chanson, le tribunal adopte ma dénégation sur celle qui lui fut produite, attendu que rien ne disait qu'elle vînt de moi, et que l'arrangement des vers de chaque couplet en changeait le rythme et ne pouvait plus aller sur l'air. On s'en rapporte à celle déposée entre les mains de mon défenseur et dont je cite quelques passages; j'avoue que j'ai pu parler un peu légèrement de la religion de l'état, que j'ai souvent tourné en dérision les abus dont on l'entoure, mais que jamais une expression ordurière n'est sortie de ma plume.

La séance est suspendue, et reprise quelques minutes après. La parole est accordée à M. le procureur du roi : il commence par montrer les dangers de chercher à soulever le voile qui cache les mystères de notre religion; que tout ce qui est reconnu articles de foi par les conciles ne doit point être attaqué dérisoirement; que l'esprit qui avait dicté la conclusion de ces conciles avait pour but le bonheur de tous les mortels dans l'une et l'autre vie, et que souffrir que l'on manquât de respect aux choses ainsi consacrées, c'était concourir à la dépravation des mœurs, et frapper la société dans ce qu'elle a de plus sacré. Cependant il regrette beaucoup qu'une erreur me place sous l'empire de la loi; il se plaît à croire que j'honore et révère ce qu'elle est chargée de venger; enfin après avoir appelé l'intérêt du tribunal sur moi par des paroles vraiment touchantes, il conclut à ce que le minimum de la peine me soit appliquée, pour avoir tourné la religion en dérision par une simple chanson intitulée *le Siége du*

Paradis, en ne n'ayant cité à l'appui de cette conclusion que les derniers vers du premier couplet.

Me Durantin a la parole. Il est bien fâcheux que ce plaidoyer n'ait pu être recueilli : c'était un monument précieux à conserver. Il commence par répondre franchement aux bienveillantes intentions de M. le procureur du roi. Il examine ensuite comment la religion de l'état peut être tournée en dérision par une simple chanson. Les expressions légères sont nécessaires au sujet; il les justifie en citant des passages de Milton, que tout le monde admire, lorsque Satan harangue les démons et les encourage pour aller escalader le ciel, il cite des passages *du Tartuffe* de Molière, *de la Fausse Agnès*; il cite cette fable de La Fontaine, *le Mort et le Curé;* « et pourtant, dit-il, tout le monde va voir et applaudir Molière : on l'admire surtout lorsqu'il lève hardiment le masque de l'hypocrisie. Mais pour atteindre ce but n'a-t-il par été obligé d'employer des expressions, qui certes, ne sont pas au-dessous de celles qu'on incrimine chez mon client? Le bon La Fontaine; n'est-il pas recherché de tout le monde! n'est-il pas dans toutes les bibliothèques, dans les mains de tous les savans, dans celles de l'enfance même, et M. le procureur du roi, qui bientôt aura la douceur d'être père, retirera-t-il le bon La Fontaine des mains de son enfant?... » M. le juge de paix qui m'avait dénoncé a trouvé aussi son compte dans ce plaidoyer. Mon défenseur a examiné les motifs qui l'ont fait agir; il a soutenu que si le devoir d'un magistrat était de venger la religion outragée dans sa juridiction, ce devoir n'eût pas été suivi par celui-ci sans la haine qu'il portait au maire de Neuilly-en-Thel. Me Durantin combat enfin le soupçon d'athéisme sur ma moralité, sur la chanson même, en citant la pierre lancée sur un arbre par Jean-Jacques Rousseau, et termine, après avoir rappelé le jugement rendu par le tribunal correctionnel de Tournon, qui a acquitté l'invalide chanteur pour des chansons séditieuses, en réclamant la liberté qui m'était ravie arbitrairement depuis dix-sept jours.

Ce plaidoyer m'avait tellement ému qu'il m'a été impossible

de réciter des stances que j'avais composées. Alors les débats sont terminés, et le tribunal rentre pour délibérer. Pendant la délibération, chacun m'entoure et me fait espérer que je serai renvoyé absout; mon défenseur soutenait cet espoir; mais il fut trompé trois quarts d'heure après par la décision du tribunal. Son organe, M. le président, après avoir écarté la prévention d'outrages envers la morale publique et religieuse, me condamne à trois mois de prison, trois cents francs d'amende et aux frais, pour avoir outragé la religion de l'état en la tournant en dérision Cet arrêt prononcé au milieu du plus profond silence a fait tomber sur moi les regards d'intérêt de toute l'assemblée: chacun semblait prendre part à ma peine.

Les gendarmes me reconduisent à la prison; mais en sortant du tribunal, le fils de mon défenseur, âgé de dix ans, et qui m'était venu voir la veille avec son père, sortait de sa pension et rentrait à la maison paternelle. Il m'aperçoit de loin, accourt à moi, et avec une ingénuité touchante et naïve il me demande le résultat du jugement. Je lui apprends ma condamnation; alors il me saute au cou, et m'embrasse en pleurant... Je rentre sous les verrous profondément ému de cette scène.

Mon généreux défenseur ne tarda pas à venir me visiter et à m'apporter des consolations: il me fait espérer qu'une souscription déjà ouverte par ses soins viendra à mon secours, et adoucira les privations de ma captivité. En effet tous les habitans de Senlis ont répondu à son appel et se sont empressés de souscrire, jusqu'aux petites communes voisines qui ont partagé cet acte de bienfaisance, de sorte qu'en peu de jours une somme de plus de 500 francs était déposée. Les habitans de Méru ne m'ont pas oublié, en souscrivant aussi; les communes de Nouailles et de Chambly ont suivi cet exemple en m'envoyant 120 francs. A Paris, les ouvriers des ateliers de MM. Chéreau fabricant de billards, Baudry ébéniste, et Boutrou facteur de pianos, ont souscrit chacun pour une demi-journée de leur travail. Enfin

M. le marquis de Mornay, le petit-fils de l'ami d'Henri IV s'est chargé de payer mon amende.

C'était pour moi un grand sujet de consolation de voir l'intérêt que chacun me portait, et avec cela, pour me faire oublier mes fers, tous les jours j'étais visité par M. Durantin, qui avait la bonté de pourvoir à tout ce qui m'était nécessaire : son fils venait aussi m'apportait des livres et s'était chargé de la fourniture de mon petit bureau. Des magistrats qui malgré eux m'avaient condamné me visitaient de temps en temps..... M. le procureur, qui m'avait si bien reçu à mon arrivée à Senlis, revenu aussitôt sur mon compte, a eu aussi pour moi beaucoup d'égards ; et si quelquefois mes gardiens m'ont fait sentir que j'étais en prison, c'était contre sa volonté.

Aussitôt mon jugement, on m'a séparé des autres prisonniers, et j'habitais une chambre particulière. Là en recevant des visites, en lisant et en composant quelques chansonnettes, j'ai attendu, sans éprouver beaucoup les rigueurs de l'hiver, le retour du printemps, et repris la clef des champs en criant : Vive la liberté !

FIN.

www.ingramcontent.com/pod-product-compliance
Ingram Content Group UK Ltd.
Pitfield, Milton Keynes, MK11 3LW, UK
UKHW021143230726
13926UKWH00002B/895